Cornelia Funke, geboren 1958, gilt als die »deutsche J. K. Rowling« und ist die derzeit erfolgreichste und beliebteste Kinderbuchautorin Deutschlands. Nach einer Ausbildung zur Diplompädagogin und einem Graphikstudium arbeitete sie zunächst als Illustratorin, doch schon bald begann sie, eigene Geschichten für Kinder und Jugendliche zu schreiben. Inzwischen begeistert sie mit ihren phantasievollen Geschichten Fans in der ganzen Welt. Cornelia Funke lebt mit ihrer Familie in Kalifornien.

Kerstin Meyer wurde 1966 in Wedel bei Hamburg geboren. Nach dem Abitur studierte sie Illustration an der Fachhochschule für Gestaltung in Hamburg. Seit ihrem Diplom 1993 arbeitet sie als Illustratorin für verschiedene Kinderbuchverlage und für das Fernsehen.

Weitere Informationen zum Kinder- und Jugendbuchprogramm der S. Fischer Verlage finden sich auf www.fischerverlage.de.

Cornelia Funke

Der geheimnisvolle Ritter Namenlos

Mit Bildern von

Kerstin Meyer

SAUERLÄNDER

König Wilfried, der Wohlriechende, hatte drei Söhne,
denen ließ er all das beibringen,

was sein Vater ihm hatte beibringen lassen –
das Reiten, das Kämpfen mit Schwert und Lanze
und gute Manieren beim Essen.
Die drei lernten stolz daherzuschreiten,
mit lauter Stimme zu reden und das, was das Wichtigste
für Königssöhne ist, das Befehlen –

ihren Dienern, ihren Kindermädchen, ihren Hunden
und ihren Pferden.

Doch dann gebar die Königin eine Tochter. Und starb bei der Geburt.

Und niemand konnte dem König sagen,
was man einer Tochter beibringt.
Also ließ er sie dasselbe lernen wie seine Söhne.

Obwohl sie kleiner und zarter war als die drei und kaum ein Schwert heben konnte.

Violetta Spinnenbein nannten ihre Brüder sie,
Violetta Mückenstark, Violetta Fliegenschreck.

Die drei prahlten damit, dass sie einem Pferd die Sporen so heftig in die Seite stoßen konnten, dass auch der stolzeste Hengst gehorchte.

Sie schlugen den Strohpuppen, mit denen sie das Kämpfen übten, so heftig die Köpfe ab, dass sie über die Schlossmauer flogen –

und lachten dreistimmig über ihre kleine Schwester, die Mühe hatte, in der schweren Rüstung auf ein Pferd zu steigen.

»Ach, Emma«, sagte Violetta abends zu ihrer Dienerin, als sie ihr die blauen Flecken kühlte. »Ich werde nie so stark sein wie meine Brüder.«
»Nicht so stark, aber dreimal so klug«, erwiderte Emma. »Warum bittet Ihr Euren Vater nicht, Euch etwas anderes lernen zu lassen als die elende Kämpferei? Lernt Sticken oder Weben, die Flöte spielen oder sonst etwas Nützliches.«
Aber Violetta schüttelte den Kopf.
»Nein«, sagte sie. »Damit meine Brüder weiter über mich lachen? Nein, nein, nein.«

Und Emma sagte nichts mehr, denn sie wusste, dass die Prinzessin starrköpfiger war als die drei Prinzen zusammen.

Violetta jedoch schlich künftig jede Nacht aus dem Palast,

um all das zu üben, was ihre Brüder so viel besser konnten.

Und sie lernte auf ihre Weise. Ohne Geschrei und ohne Sporen.

Ganz leise. Leise wie die Nacht.

Ihre Brüder wurden groß und stark wie die Ritter ihres Vaters, aber Violetta wurde mit jedem Tag flinker und treffsicherer. Die Pferde aus dem Stall ihres Vaters trugen sie gern auf ihrem Rücken. Und wenn Violettas Brüder mit den Lanzen nach ihr stießen, bohrten sie nur Löcher in die Luft.

Schwindelig ritt sie ihre Brüder, bis deren Pferde schnaubend die Köpfe hochwarfen und keinen Schritt mehr taten. So lachten die drei Prinzen bald nicht mehr über ihre kleine Schwester. Und Violetta Fliegenschreck nannten sie sie auch nicht mehr.

Doch dann kam der Tag vor ihrem sechzehnten Geburtstag.
»Violetta«, sagte ihr Vater, nachdem er sie hatte zu sich rufen lassen. »Ich werde zur Feier deines Geburtstages ein Turnier veranstalten. Der Siegespreis wird die besten Ritter des Landes herbeilocken.«
»Und was für ein Preis wäre das, Vater?«, fragte Violetta, während sie überlegte, welches Pferd sie reiten würde, welche Rüstung die leichteste war und welcher Federbusch ihren Helm zieren sollte.

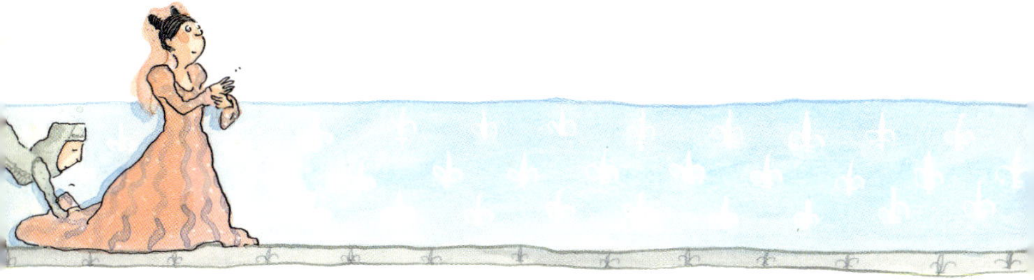

»Der Sieger«, erwiderte König Wilfried, »wird dich zur Frau bekommen. Also zieh dir dein schönstes Kleid an und übe vor dem Spiegel, freundlich zu lächeln.«

Violetta wurde so rot wie der Klatschmohn im Burggraben. »Niemals!«, rief sie. »Niemals werde ich so einen Blechkopf heiraten. Seht Euch doch Eure Ritter an! Sie prügeln ihre Pferde und sind zu dumm, ihren Namen zu schreiben!« Da ließ ihr Vater sie in den Burgturm sperren, zu den Ratten und Fledermäusen. Und erst, als der Mond über dem Schloss stand, erlaubte er Violettas jüngstem Bruder, sie zu befreien.

»Hör auf zu weinen, Schwesterchen!«, sagte er und tupfte ihr die Tränen von den Wangen. »Ich werde das Turnier gewinnen. Mich kannst du schließlich nicht heiraten.«
Aber Violetta schüttelte den Kopf und wischte sich die Augen mit dem Saum ihres Kleides.
»Ich danke dir«, sagte sie. »Doch darum kümmere ich mich besser selbst.«

Ihr Geburtstag kam, und auf dem Turnierplatz hinter dem Palast drängten sich die Ritter. Neben dem König aber saß nicht Violetta, sondern Emma, ihre Dienerin, in Violettas schönstem Kleid, mit einem Schleier vor dem Gesicht.

Violetta selbst legte eine schwarze Rüstung an, sattelte das Pferd, das ihr das liebste aus dem Stall ihres Vaters war, und ritt mit den anderen Rittern in die Arena.

Die Fanfaren erklangen, und das Turnier um die Hand der Prinzessin begann.
Ein Ritter nach dem anderen trieb sein Pferd in die Schranken, doch der Ritter in der schwarzen Rüstung besiegte sie alle: Sigurd von Drachentod,

Hartmut von Hasslingen, Götz Ohnegnaden, ja, selbst die drei Söhne des Königs warf der namenlose Ritter in den Staub.
Schließlich fand sich niemand mehr, der sich mit ihm messen wollte. Und der Ritter ohne Namen ritt zum Platz des Königs und senkte die Lanze, um den Siegeskranz zu empfangen.

»Woher stammt Ihr, Ritter Namenlos?«, fragte Wilfried, der Wohlriechende. »Ihr habt Eurem Haus wahrlich Ehre gemacht, meine Tochter wird sich glücklich schätzen, Euch zum Mann zu bekommen.«
»Oh, das glaube ich nicht«, antwortete der Ritter Namenlos und nahm seinen Helm ab.

»Guten Tag, Vater«, sagte Violetta. »Was soll mein Siegespreis sein?«
Doch ihr Vater, der König, fand zum ersten Mal in seinem Leben keine Worte.

Da wandte sich Violetta zu den anderen Rittern,
die zerbeult und zerschrammt auf ihren Pferden saßen.
»Wohlan, so wähle ich mir den Preis eben selbst«, sagte sie.

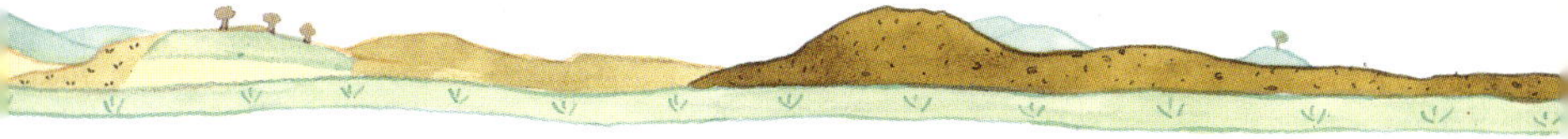

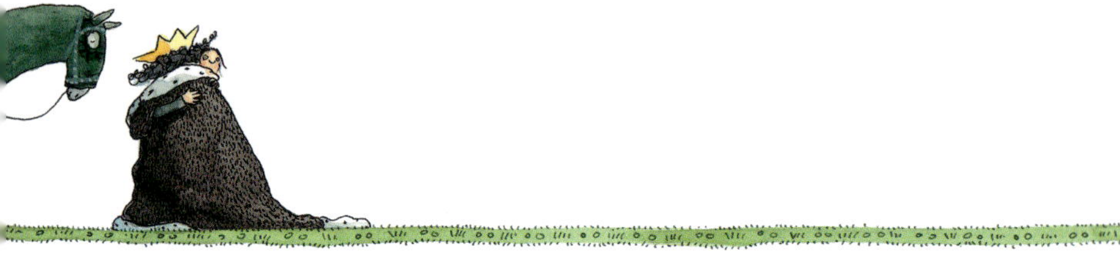

»Hiermit verkünde ich, dass niemand die Hand von Violetta erhält, der nicht vorher den Ritter Namenlos besiegt hat.« Dann wendete sie ihr Pferd und ritt davon. Fort. Weit fort. Erst nach siebenmal sieben Tagen kehrte sie zum Schloss zurück.

Wilfried, der Wohlriechende, aber schenkte seiner Tochter zu ihrem nächsten Geburtstag ein Pferd, das so schwarz war wie die Rüstung, die der Ritter ohne Namen getragen hatte. Kein Ritter wollte je wieder mit dem Namenlosen kämpfen. Und Violetta heiratete den Rosengärtner ihres Vaters und wurde sehr glücklich.

Zu diesem Bilderbuch ist bei DAV ein Hörbuch erschienen,
das im Buchhandel erhältlich ist.

FSC
www.fsc.org
MIX
Papier aus verantwortungsvollen Quellen
FSC® C084279

Erschienen bei FISCHER Sauerländer

Hedderichstraße 114, D-60596 Frankfurt am Main
Umschlaggestaltung: MT-Vreden
Umschlagillustration: Kerstin Meyer
Druck und Bindung: Print Consult GmbH, München
Printed in Slovakia